Dimiter Inkiow

Der grunzende König

Mit Bildern von Ingeborg Haun

SCHNEIDER BUCH

Inhalt

Der grunzende König

Einmal hörte ein Kammerdiener,
dass der alte König während
des Schlafens grunzte.
Der König hatte in dieser Nacht
irgendwie unglücklich
in seinem Bett gelegen.
Der Kammerdiener lief lachend
nach Hause und erzählte dort:
„Stellt euch vor, der König,
der König grunzt beim Schlafen

wie ein Ferkel! So: Ruff-ruff-ruff-ruff!“
„Wirklich? Tatsächlich? Hohohoho!“
Alle lachten sich tot.
Bald erzählte es sich die ganze Straße. Und es dauerte auch nicht lange, da fand sich jemand, der es dem alten König unter die Nase rieb.
Der König war schwer beleidigt.
„Was erzählen sich die Leute? Dass ich grunze? Wie ein Ferkel?“
Er schickte auf der Stelle drei seiner Offiziere in diese Straße, um den Leuten zu erklären, dass er nicht grunze.
Das geschah.

Aber es dauerte nicht lange,
da kam wieder jemand zum König
und flüsterte ihm ins Ohr,
die ganze Stadt erzähle sich jetzt,
dass er grunze.

Der König war noch mehr beleidigt.
„Was? Die ganze Stadt erzählt,
dass ich grunze?“
„Ganz recht, Majestät!“
„Wie ist das möglich?“
„Die Leute sagen, wenn er nicht
grunzen würde, hätte er
die drei Offiziere nicht geschickt
um erklären zu lassen, dass er nicht
grunzt!“
Der König überlegte. Dann setzte er
einen offiziellen Ausschuss ein.
Er sollte feststellen, ob er grunzte
oder nicht.
Der Ausschuss beobachtete ihn
acht Nächte lang.
Er stellte fest, dass der alte König

beim Schlafen zwar schnarchte,
aber nicht grunzte.
Das Ergebnis wurde in einem
Bericht veröffentlicht.

Der Bericht wurde in allen
Zeitungen des Landes abgedruckt.
Endlich atmete der König auf.
Aber nicht lange.

Sein Polizeiminister kam und meldete, dass sich jetzt das ganze Land erzähle, der König grunze. Der alte König fasste sich verzweifelt an den Kopf.
„Aber … warum? Hat das Volk den Bericht nicht gelesen?“

„Doch!“
„Na und?“
„Aber gerade darum, Majestät. Die Leute meinen, die Sache mit dem Grunzen muss sehr ernst sein, sonst hätten Eure Majestät nicht diesen Ausschuss eingesetzt und den Bericht veröffentlichen lassen. Die Leute sagen, hier stimmt was nicht!“
Der König überlegte. Irgendwie musste dieses böse Gerücht doch aus der Welt zu schaffen sein. Und er gab einen Erlass heraus: „Jeder, der behauptet oder weitererzählt, dass der König grunzt, wird aufgehängt!“

Jetzt wurde es endlich still.
Jetzt erzählte niemand mehr, dass der König beim Schlafen wie ein Ferkel grunze, aber alle waren fest davon überzeugt, dass er grunzte. Und die ausländischen Zeitungen nannten ihn den „grunzenden König“.

Das große Fressen

Es lebte einmal ein Wasserwurm
am Boden eines Sees.
Er war ein sehr vorsichtiger Wasserwurm. Niemals verließ er sein Loch,
obwohl er sehr neugierig war.
Ab und zu steckte er nur seinen Kopf
heraus um zu sehen, was
in der großen Welt von nebenan
passierte. Sonst fraß er den ganzen
Tag nur und wurde immer dicker.
Ein kleiner Fisch kam jeden Tag

neben sein Loch geschwommen
und tat so, als würde er den Wasser-
wurm gar nicht bemerken, was
den Wasserwurm sehr verwunderte.
Der Fisch muss blind sein, dachte
der Wasserwurm. Eines Tages wird er
vor Hunger sterben. Er schwimmt
neben meinem Loch und versucht
gar nicht, mich herauszuholen.
Er sieht nicht, was für ein schöner,
dicker Wurm ich bin. Das ist fast
beleidigend.
Und von seinen Gedanken selbst
erschreckt, versteckte er sich
ängstlich noch tiefer.
Was der vorsichtige Wasserwurm
nicht wusste, war, dass

der kleine Fisch gar nicht blind war. Er überlegte nur, wie er den Wasserwurm am besten schnappen könnte. Und er dachte: Wenn dieser vorsichtige Wasserwurm glaubt, ich sei blind, dann wird er bald nicht mehr so vorsichtig sein. Und wenn er unvorsichtig wird, kann ich ihn leicht schnappen und auffressen. Oh, mir läuft schon das Wasser im Mund zusammen, wenn ich daran denke, wie gut er mir schmecken wird. Er wird von Tag zu Tag fetter.
Leider wusste der Wasserwurm nicht, was der kleine Fisch für Gedanken hatte.

Und eines Tages wurde er unvorsichtig. Er kam bis zur Hälfte aus seinem Loch heraus und grüßte den Fisch höflich.
Und der kleine Fisch öffnete plötzlich sein Maul und schnappte ihn.

„Hilfeee! Lass mich los!“, schrie der Wasserwurm und zog mit aller Kraft seine zweite Hälfte wieder ins Loch zurück.
Der Fisch zog ihn heraus.
Der Wasserwurm zog zurück.
Der Fisch zog ihn heraus.
„Hilfeee! Man will mich fressen! Man will mich fres…“ Weiter kam er nicht.
Der kleine Fisch verschluckte ihn und sagte: „Du hast mir aber gut geschmeckt.“
Von den Schreien angelockt, kam ein großer Fisch angeschwommen. „Was ist hier los?“, fragte er.

„Nichts, ich habe gerade einen Wurm gefressen. Da ist sein Loch."
„Du hast den schönen Wasserwurm aufgefressen? Du … du …! Wusstest du nicht, dass ich ihn fressen wollte?"

„Nein.“
„Du solltest es aber wissen!“
„Ich hatte so einen Hunger!“
„Jetzt werde ich dich fressen,
weil ich so einen Bärenhunger habe!“
Und der große Fisch öffnete
sein Maul.
„Hilfe! Hilfe!“, schrie der
kleine Fisch und schwamm,
so schnell er konnte, davon.
Aber der große Fisch war schneller.
Er hatte ihn bald eingeholt.
„Hilfe! Man will mich fressen!
Man will mich fres…“ Mehr konnte
der kleine Fisch nicht sagen,
denn der große Fisch hatte ihn schon
verschluckt.

„Du hast mir wirklich gut geschmeckt“, sagte der große Fisch zufrieden und schmatzte.
Von den Hilferufen angelockt, kam ein Riesenfisch angeschwommen. „Was ist hier los?“, fragte er böse.
„Nichts, ich habe gerade den kleinen Fisch gefressen, der immer vor dem Loch des Wasserwurms hockte.“
„Wusstest du nicht, dass ich ihn fressen wollte?“
„Entschuldige, nein. Ich hatte so einen Hunger.“
„Dann werde ich dich jetzt fressen, weil ich so einen Hunger habe!“

Und der Riesenfisch öffnete
sein großes Maul.
„Hilfee! Hilfee!“, schrie der große
Fisch und schwamm mit allen
seinen Kräften davon.

Aber der Riesenfisch war viel
schneller. Er hatte ihn bald eingeholt
und verschluckte ihn. „Du hast mir
aber gut geschmeckt“, sagte er
schmatzend.
Weil die Jagd sehr wild gewesen war,
wurde das Wasser an dieser Stelle
des Sees sehr unruhig.
Das merkte ein Fischer und warf
sofort sein Netz aus.
So hatte er den Riesenfisch gefangen.
Der Fischer freute sich sehr,
als er ihn herausholte.
Aber noch mehr freute er sich,
als er daheim den Bauch
des Riesenfisches öffnete
und dort den anderen Fisch fand.

Und in dessen Bauch den kleinen Fisch.
Drei schöne Fische, mit einem Wurf!
Er putzte die drei Fische und briet sie. Den großen für sich,
den mittleren für seine Frau und
den kleinen für sein Kind.
Die Fische haben allen sehr gut geschmeckt.

Der Löwe und die Ameise

Der Löwe hatte gerade gefressen
und wollte soeben
sein Mittagsschläfchen machen,
als er eine piepsige Stimme
vernahm.
„Löwe! Lieber Löwe!“
„Wer ist da?“, fragte der Löwe,
hob seinen Kopf und schaute
sich um. Aber weit und breit war
niemand zu sehen. Nur einige
Giraffen dösten in der Ferne.

Der Löwe gähnte und schloss schläfrig seine Augen, als er wieder die piepsige Stimme vernahm.

„Löwe! Lieber Löwe!"

Der Löwe öffnete seine Augen und brüllte: „Wer ist da?" Er schaute sich wieder um, aber es war wirklich niemand zu sehen.

Er wurde ärgerlich. Wer wagte es, seinen Schlaf zu stören? „Wer ist da?"

„Ich. Eine Ameise."

„Eine Ameise?" Er war erstaunt.

„Wo bist du? Ich kann dich nicht sehen!"

„In deinem linken Ohr!"

„Waaas? In meinem Ohr?

Was machst du denn dort?“
„Ich schreie aus vollem Halse,
damit du mich hören kannst!“
„Was willst du?“

„Ach, lieber Löwe, ich habe eine
große Bitte an dich.“
„Was denn?“
„Kannst du nicht einen halben Meter
zur Seite rutschen?“
„Warum? Hier liege ich sehr
bequem.“
„Aber du liegst auf meinem Bruder,
lieber Löwe, und ich fürchte,
du hast ihn schon zerquetscht.
Natürlich ohne es zu wollen.
Weißt du, es war so: Mein Bruder
und ich waren gerade damit
beschäftigt, ein Korn zu unserem
Haufen zu schleppen, als du kamst
und dich hier niederlegtest. Wir
versuchten verzweifelt wegzulaufen.

Aber es war schon zu spät:
Mein Bruder blieb unter dir. Ich konnte mich befreien und machte mich auf den Weg zu deinem Ohr. Ich bin ziemlich lange durch dein dickes Fell geirrt, aber schließlich bin ich doch angekommen. Bitte, lieber Löwe, sei so lieb, rutsch einen halben Meter zur Seite. Nach rechts oder links,

das ist egal. Ich muss sofort meinen Bruder suchen."
„Kommt überhaupt nicht in Frage",
gähnte der Löwe.

„Warum denn nicht?“
„Ich liege hier sehr bequem.“
„Aber … mein Bruder!“
„Ist mir egal.“
„Mir aber nicht. Bitte, rutsch ein Stück.“
„Ich rutsche nicht.“
„Bitte, bitte, lieber Löwe.“
„Du kannst bis morgen bitten. Wegen einer lausigen Ameise wechsele ich meinen bequemen Platz nicht!“, brüllte der Löwe. „Und jetzt mach, dass du fortkommst! Ich will nämlich schlafen.“ Der Löwe gähnte.
„Ich bitte dich zum letzten Mal“, sagte jetzt die piepsige Stimme

drohend, „rutsch doch ein bisschen!“
Der Löwe antwortete nicht.
Er schloss die Augen und schlief ein.
Aber in der nächsten Sekunde sprang
er, wie von der Tarantel gestochen,
einen Meter in die Höhe.
Die Ameise hatte ihn gebissen.
„Du wagst es, mich zu beißen?“,
brüllte der Löwe wütend und
gab sich einen Prankenhieb auf
sein linkes Ohr. „Du, eine Ameise,
wagst es, einen Löwen zu beißen?
Du bist schon so gut wie tot.
Komm sofort heraus!“
„Ich komme nicht!“
„Komm sofort heraus! Du bist schon
so gut wie tot!“

„Ich komme nicht!“
„Ich befehle dir,
sofort herauszukommen!“

Aber die Ameise kam nicht heraus.
Sie biss und biss und biss.
Und bei jedem Biss machte
der Löwe einen Luftsprung.
Es war aus mit seinem Mittagsschlaf.
Und der Löwe war so wütend
wie selten.
„Ich weiß, wie ich dich töten
werde!“, brüllte er dann. „Ich werde
dich ertränken! Ich werde dich
ertränken!“ Und er lief zum Fluss.
Fluchtartig machten ihm
die anderen Tiere den Weg frei.
„Bitte, bleib stehen! Ich gehe jetzt
meinen Bruder suchen!“, piepste
in seinem Ohr die Ameise.
„Kommt gar nicht in Frage.

Du bist schon so gut wie tot!“
„Ich will keinen Krieg mit dir!“
„Aber ich! Aber ich!“
Die Ameise piepste: „Ich entschuldige mich auch, dass ich dich gebissen habe. Ich tat es nur, damit du ein wenig zur Seite rutschst.“
„Jetzt ist es zu spät. Ich werde dich ertränken.“
Der Löwe steckte sein linkes Ohr ins Wasser.
Aber die Ameise war schneller.
Sie lief weg und biss ihn in sein rechtes Ohr.
Sofort steckte der Löwe sein rechtes Ohr ins Wasser.

Aber die Ameise war schneller.
Sie biss ihn oben in den Kopf.
Der Löwe steckte seinen Kopf
ins Wasser. Aber die Ameise
war schneller. Sie biss ihn
in den Rücken.

Der Löwe sprang aus dem Wasser ans Flussufer zurück und begann sich selbst Schläge zu geben. Überall dahin, wo er dachte, dass die Ameise gerade steckte.

Die anderen Tiere, die ihn beobachteten, sagten zueinander: „Der Löwe ist verrückt geworden. Schaut mal, er verprügelt sich ja selbst!"

Nach einer Stunde lag der Löwe kraftlos und ermattet, mit blauen Flecken übersät am Boden.
Er seufzte.
Und dann hörte er die Stimme der Ameise: „Ergibst du dich?"
„Das ist ja lächerlich!", brüllte er. „Ich, ein Löwe, soll mich einer Ameise ergeben? Nein! Niemals!"
„Dann muss ich dich leider auffressen", sagte die Ameise. „Ich beginne mit deinem rechten Ohr. Wenn ich jetzt um Hilfe rufe, dann werden tausende von Ameisen kommen.
Und sie werden mir helfen!"

Das Gerippe des Löwen kann man
heute noch an derselben Stelle
am Flussufer sehen.

Der Wolf und die Schafe

Eines Abends, als der Schäfer fortgegangen war, kam ein Wolf auf die Wiese. Die Schafe, die dort grasten, liefen sofort ängstlich zusammen.

„Ein Wolf ist da! Ein Wolf ist da!“, ging es sofort durch die ganze Herde. Die Schafe zitterten vor Aufregung, obwohl es gar keinen Grund dafür gab. Die Herde war nämlich

durch einen dichten Zaun geschützt.
Zur allgemeinen Verwunderung
grüßte der Wolf höflich und begann
neben dem Zaun zu grasen.
„Warum glotzt ihr mich so an?“,
fragte der Wolf nach einer Weile.
„Habt ihr noch nie einen grasenden
Wolf gesehen?“
Die Schafe schwiegen.
„In meinem ganzen Leben habe ich
nur Gras gefressen. Gras schmeckt
wunderbar. Seid ihr nicht
meiner Meinung?“
Jetzt fanden es die Schafe unhöflich,
noch länger zu schweigen. „Jaaaa!
Määäää! Jaaaaa!“, stimmten sie ihm
zu.

„Der Schäfer hat euch sicher erzählt, dass ich Schafe fresse“, heulte der Wolf und leckte sich das Gras von der Schnauze. „Aber ihr seid nicht blind, ihr seht ja, ich fresse Gras. Ich glaube sogar, dass ich ein Schaf bin. Allerdings ein Schaf, das im Gegensatz zu euch im Wald

aufgewachsen ist." Und er senkte
seinen Kopf und graste weiter.
Nach einer Stunde lief der Wolf
in den Wald zurück und
in der Herde begann eine große
Diskussion.
„Wölfe sind nun mal keine
Pflanzen fressenden Tiere",
erklärten einige Schafe. „Er will
uns nur täuschen."
„Das ist nicht ganz sicher", meinten
andere. „Er grast wie wir. Das
haben wir alle gesehen. Wir sollten
dem Wolf kein Unrecht tun."
Spät in der Nacht beschlossen dann
alle, den Wolf am nächsten Abend
– falls er käme – genau zu befragen.

Der Wolf ließ auch nicht lange auf sich warten. Kaum war der Schäfer fortgegangen, da kam er schon aus dem Wald gelaufen und begann wieder zu grasen.
Die Schafe sahen ihm neugierig zu. Schließlich fragte der Leithammel: „Entschuldige, lieber Wolf, bist du wirklich ein Grasfresser?"
„Ich habe es euch doch schon gestern gesagt", heulte der Wolf. „Muss ich es euch heute wiederholen? Mein ganzes Leben habe ich nur Gras gefressen. Ich schwöre es!" Und er hob seine rechte Pfote.
„Wirklich?"

„Meine lieben Freunde, wenn ihr einen Feind habt, dann ist es der Schäfer. Er schlachtet euch, er brät euch und isst euch auf. Er melkt euch, er schert eure Wolle, er zieht euch das Fell über die Ohren, und er verkauft sogar eure Kinder, die unschuldigen Lämmchen.

Er beutet euch aus nach Strich und Faden. Kann sich irgendein Schaf eurer Herde darüber beklagen, dass ihm ein Wolf etwas Böses getan hat?“
Die Schafe überlegten, schauten sich gegenseitig an und schüttelten die Köpfe. Keines konnte sich von ihnen darüber beklagen. Früher, als es den Zaun noch nicht gab, da passierte es ab und zu, dass sich ein Schaf von der Herde trennte und dann spurlos verschwand. Man erzählte sich dann, es sei von einem Wolf gefressen worden. Aber gesehen hatte es niemand.
„Ihr solltet euren Augen glauben“,

heulte der Wolf, „und nicht irgendwelchen bösen Gerüchten.“ „Aber was ist mit den Schafen passiert, die im Wald verschwunden sind?“, fragte der Leithammel.

„Warum ist nie eines zurückgekommen?"
„Warum sollten sie zurückkommen? Glaubst du denn, dass jemand zurückkommt, der einmal auf den Wiesen im Wald gegrast hat? Wer das einmal kennen gelernt hat, geht nie mehr zurück. Ich bin vielen Schafen im Wald begegnet. Es geht ihnen ausgezeichnet. Wenn du mir nicht glauben willst, dann überzeuge dich doch selbst. Komm mit mir. Ich werde dich zu den anderen Schafen im Wald führen, und ich wette mit dir, dass auch du nicht zurückkehren wirst."

„Aber ich kann hier doch nicht heraus!“, blökte der Hammel. „Wir sind ja eingesperrt!“
„Das ist wirklich sehr traurig“, heulte der Wolf und schnappte nach dem Zaun.
Dann begann er zu brüllen:

„Nieder mit dem Schäfer! Nieder mit dem Schäfer! Nieder …!“ Er verbiss sich in den Zaun, aber soviel er sich auch anstrengte, er konnte ihn nicht zerreißen.
Nach einigen Stunden gab er auf. „Ich kann euch leider nicht befreien“, heulte er. „Ihr müsst es selbst tun.“ Und er drehte sich um und verschwand im Wald.
In dieser Nacht konnte kein Schaf der Herde schlafen. Sie malten sich alle ein herrliches Leben
auf satten, grünen Waldwiesen aus,
auf denen es keinen Schäfer gab,
der sie schlachtete und ihnen
die Lämmer wegnahm.

„Nieder mit dem Schäfer! Nieder mit dem Schäfer!“, hörte man die Schafe bald von allen Seiten blöken.
Als der Schäfer am nächsten Morgen kam und das Tor öffnete,

stieß ihn der Leithammel zu Boden,
und die ganze Herde galoppierte
über den Schäfer hinweg
durch das offene Tor ins Freie.
Der Wald verschluckte sie sofort.
Und da kam auch schon der Wolf.
„Brave Schafe!", heulte er begeistert.
„Gute Schafe! So viel Mut habe ich
gar nicht von euch erwartet. Liebe
Schafe! Und ihr seid alle da? Eins,
zwei, drei, wie viel seid ihr
eigentlich?"
„Achtundachtzig!", blökte
der Hammel.
„Sehr schön! Und jetzt folgt mir."
„Wohin? Wohin?", wollte die Herde
wissen.

„An einen schönen, ruhigen Platz,
wo wir unsere Wohngemeinschaft
gründen werden.
Die Wohngemeinschaft der Schafe
und Wölfe.“

Sie liefen den ganzen Tag und kamen
immer tiefer in den Wald hinein.
An der Spitze lief der Wolf,
hinter ihm der Hammel,
dann folgte die übrige Herde.

Am Abend hatten sie keine Kraft mehr. Sie sammelten sich alle auf einer Wiese, schwer atmend und mit hängender Zunge, und schliefen sofort ein.
Als sie am nächsten Morgen aufwachten, stellten sie fest, dass der Leithammel nicht mehr da war. Es fehlte jede Spur von ihm.
„Wo ist unser Leithammel?“, blökten die Schafe. „Gestern war er noch da.“
„Er hat sich sicher verlaufen“, meinte der Wolf. „Ich werde ihn sofort suchen. Bleibt hier, bis ich zurück bin, damit euch nichts passiert.“
Und er verschwand im Wald.

Nach einigen Stunden kam er zurück mit einem ziemlich dicken Bauch. „Ich habe ihn nirgendwo gefunden. Vielleicht ist er zum Schäfer zurückgekehrt. Aber dann wird der Schäfer bald hier sein, und er wird euch

wieder melken und an den Metzger verkaufen. Darum müssen wir sofort hier weg. Und – dass mir

niemand blökt! Keinen Ton
möchte ich hören!“
Und er lief wieder an die Spitze,
und die ganze Herde folgte ihm.
Sie liefen jeden Tag von einer
Waldwiese zur anderen.
Und jede Nacht verschwand
– wie vom Erdboden verschluckt –
ein Schaf oder ein Lamm.
Die Schafe waren sehr beunruhigt.
Aber der Wolf sagte ihnen,
sie sollten sich nicht beunruhigen.
Die Schafe, die nachts
verschwänden, hätten sich
selbständig gemacht,
und um solche Schafe
brauchte man nicht zu trauern.

Die ganze übrig gebliebene Herde überlegte und stimmte ihm zu. Es war nur seltsam, dass sie immer nur nachts verschwanden. Und noch etwas anderes war seltsam: Der gute Wolf graste nicht mehr. Er sagte, er hätte Bauchschmerzen. Aber obwohl er nichts mehr fraß, wurde er auch nicht dünner. Im Gegenteil – er schien eher dicker zu werden. Nach fast drei Monaten war von der Herde nur noch ein einziges Schaf übrig geblieben. „Lieber Wolf", blökte es, „es tut mir schrecklich Leid, dass alle anderen weggelaufen sind, aber ich werde

immer bei dir bleiben. Ich werde dich nie verlassen."
„Das glaube ich auch!", heulte der Wolf und fraß es auf.
Dann machte er sich auf den Weg um sich eine neue Herde zu suchen.

Und wenn du wissen willst, was weiter geschah, dann brauchst du die Geschichte nur wieder von Anfang an zu lesen.

Die Deutsche Bibliothek – CIP-Einheitsaufnahme

Der **grunzende König** / Dimiter Inkiow. Mit Bildern
von Ingeborg Haun. – Ausg. in Grossdr. – München : F. Schneider, 1997
(Die bunte Büchermaus) (Spass am Lesen)
ISBN 3-505-10594-5
NE: Inkiow, Dimiter; Haun, Ingeborg

Für Lesungen: Dimiter Inkiow
ist unter der Telefonnummer:
0 89/47 08 78 10 und unter der
Faxnummer: 0 89/47 08 78 11
erreichbar.

Dieses Buch wurde auf chlorfreies,
umweltfreundlich hergestelltes
Papier gedruckt. Es entspricht den
neuen Rechtschreibregeln.

Der Schneider Verlag im Internet:
http://www.schneiderbuch.de

Titelbild und Innenillustrationen: Ingeborg Haun
Logoillustrationen: Jutta Timm
Umschlaggestaltung: Manuela Hutschenreiter
Herstellung/Satz: Gabi Lamprecht, 19' Garamond
Druck: A. Huber GmbH & Co. KG, München
Bindung: Conzella Urban Meister, München-Dornach
ISBN 3-505-10594-5